Rock Around The Tannenbaum

Ulli Engelbrecht

Rock Around The Tannenbaum

Zehn weihnachtliche Geschichten

Bibliografische Information der Deutschen Nationalbibliothek:
Die Deutsche Nationalbibliothek verzeichnet diese Publikation in der
Deutschen Nationalbibliografie; detaillierte bibliografische Daten sind
im Internet über http://dnb.dnb.de abrufbar.

Impressum:
© 2023 Ulli Engelbrecht (www.ulli-engelbrecht.de)
Überarbeitete Neuauflage der Erstausgabe von 2021

Fotos: Ulli Engelbrecht/pixabay

Spezieller Dank an Beate Wolf

Umschlagdesign, Herstellung und Verlag:
BoD – Books on Demand, Norderstedt

ISBN: 9783744816243

Das vorliegende Lesebuch versammelt
überarbeitete Veröffentlichungen und neue Texte.

Inhalt

Über die Wiederbelebung von   7
Gedankenschrott

Seltsame Hirngespinste   14

Schmackhafte Würstchen in einem   19
rotierenden Topf mit kochendem
Wasser drin

Der Geburtstag   26

Vicky mit weichem W   28

Die Zeit nach Mitternacht   33

Musik machen mit Gottes Segen   42

Flimmernder Kitsch   52

Mit Reggae-Musik auf Zeitreise   54

Gefangen in der Endlosschleife   63

Über die Wiederbelebung
von Gedankenschrott

Nicht nur zur Weihnachtszeit findet bei mir eine mentale Wiederbelebung meines Gedankenschrotts statt. Ich solle lieber den Blick fest in die Zukunft richten, sagt man mir dann, und damit aufhören, in der Vergangenheit herumzudenken. Als ob das so einfach wäre. Prüfen Sie sich einmal selbst: Was geschieht wohl, wenn ich Ihnen beispielsweise das Wort *Klassenfahrt!* entgegenrufe. Oder *Klammerblues!* Oder den Titel eines berühmten Liedes von Abba.

Ich sag's Ihnen gerne: Da öffnen sich, wie von Geisterhand bewegt, in Ihrem Oberstübchen Schranktüren und Schubladen und geben Ihnen den Blick frei auf Ereignisse, von denen Sie glaubten, dass Sie sie schon längst verdrängt oder komplett vergessen hätten. Mein Tipp: Seien Sie mutig, fahren Sie den Schrott nach und nach ab. Unterhalten Sie damit ihren Freundeskreis oder wildfremde Menschen. Ich tue das ja auch, gerade jetzt sogar, in diesem Moment.

Vor einer Stunde erst habe ich Ten Years After gehört und musste sofort an Fritz Wepper denken. Und warum? Mein Bruder schenkte mir Weihnachten 1972 eine Platte der britischen Band, die ich aber nicht am gleichen Tag hören konnte, weil sich meine Eltern über meine langen Haare aufregten, die aber gar nicht so lang waren, sondern eher so lang wie die von Fritz Wepper in seiner Rolle in der

ZDF-Krimi-Serie „Der Kommissar", die trotz Farb-
fernsehen stets in schwarz-weiß ausgestrahlt wurde
und mit einer markigen Musik begann:

Bam tata-tatata-dudeldidel – Bam tata-tatata-dudeldidel…

Na, klingelt's? Mit Erik Ode als väterlicher
Kommissar Keller, Reinhard Glemnitz als öliger
Robert Heines, Günther Schramm als boden-
ständiger Walter Grabert und eben mit Fritz Wepper
als grünschnäbeliger Harry Klein.

Die Mörderjagd als vergrübeltes Kammerspiel,
mit Dialogen wie auf der Theaterbühne:

Er:
*Tot? Sie ist tot? Wieso ist sie tot? Hast Du gehört Wilma,
die Bassenge ist tot!*
Sie:
Tot? Aber warum ist sie tot?
Er:
*Aber du hast doch gehört, dass der Kommissar gesagt hat,
dass sie tot ist? Das hast du doch gehört? Oder?*
Sie:
*Aber warum ist sie tot? Sie war doch noch heute morgen hier.
Hat hier gesessen. Hat hier getrunken. Hat hier gegessen.
Hat hier gelacht. Hat hier geredet. Und jetzt – Herr Kom-
missar – jetzt ist sie – tot? Sie ist tatsächlich – tot?*
Er:
*Ja doch! Du hörst doch, was der Kommissar sagt. Tot ist sie,
nicht wahr, Herr Kommissar? Sie ist tot! Die Bassenge ist
doch tot?*

So ging das stundenlang.

Unvorstellbar heute.

Und Kommissar Keller stand ungerührt mitten-drin, hörte aufmerksam zu, trank wahlweise dazu ei-nen Schoppen Wein, eine Maß Bier oder ein wie auch immer geartetes hochprozentiges Herren-gedeck, lächelte gütig und allwissend, schob dabei mehrmals seine rechte Hand in die Anzugtasche, fingerte seine Schachteln heraus und kettenrauchte in einer solchen ermittlungsintensiven Szene unge-fähr 45 Zigaretten.

Mein Vater Erich rauchte nicht so viel, dafür stank es aber gewaltig, wenn er zur Serie seine Spe-zialmarke „Finas" in Brand steckte. Ägyptische Zi-garetten waren das, oval geformt, filterlos, etwas ganz Besonderes. Im Gegensatz zu unserem alten Fernsehapparat. Wir besaßen 1972 immer noch kein Farb-TV und guckten die Christmette in schwarz-weiß.

Farbig waren nur die Hüllen der Schallplatten, die am späten Nachmittag nach der Bescherung aufge-legt wurden: Heintje, Favorit meiner Mutter. Peter Alexander, Favorit meines Vaters. Reinhard Mey, Favorit meines älteren Brudes. Ten Years After, mein Favorit. Das Album, das er mir feierlich über-reichte, hieß „Rock'n'Roll Music Around The World". Viel später dann, nach der Mette, landete noch eine Platte von James Last auf dem Teller: „Christmas Dancing". Obwohl keiner von uns dazu tanzte.

Ten Years After spielten in jenen Tagen den angesagtesten Bluesrock überhaupt – also nicht unbedingt die passende Weihnachtsmusik für den sehr engen Familienkreis, deshalb durfte ich sie auch nicht auf dem elterlichen Dual-Plattenspieler auflegen. Nur angucken. Einen eigenen Spieler besaß ich noch nicht. Dafür aber lange Haare. Die waren damals quasi gesetzlich vorgeschrieben für alle Jungs ab 12 aufwärts bis unendlich. Harry Klein trug lange Haare, James Last trug auch lange Haare. Ich war 15. Also war es mir ebenfalls gestattet.

Meine Mutter Maria war außer sich, dass ihr Zweitgeborener uneinsichtig blieb und sogar jetzt, zum Fest der Freude und des Friedens und zu Jesu Geburt, sich weigerte, die Haare kürzen zu lassen. Jesus trug doch auch immer lange Haare, sagte ich bedeutsam, deutete auf das schwarze und massive Holzkreuz, das im Elternschlafzimmer über dem Weihwasserbecken hing, duckte mich fix, damit ich einer eventuell folgenden Ohrfeige ausweichen konnte.

Die Figur an dem Kreuz, sicherlich 50 Zentimeter groß, gefertigt aus schwerem Metall und schon leicht speckig, zeigte den leidenden Jesus, dessen mittelgescheitelte Matte leicht dauerwellig bis weit über seinen Schultern hing. Länger sogar als bei Alvin Lee, dem Gitarristen von Ten Years After, wie ich es dem kleinen Foto auf der Rückseite des Covers entnehmen konnte.

Ich hatte in meinem bislang erst kurzen Leben aber noch keine einzige Jesus-Abbildung gesehen, auf der der Mann einen Kurzhaarschnitt trug. Und immerhin war ich angehalten, als guter Katholik und Messdiener, Gottes Sohn nicht nur zu dienen, sondern auch anzubeten. Einen Langhaarigen!

Mutters Hand blieb diesmal in der Kitteltasche, dafür entwickelte sich zwischen ihr und ihrem Mann ein Disput über das Thema lange Haare, in Dramaturgie und Dialogführung einer „Kommissar"-Folge nicht unähnlich:

Maria:
Lange Haare? Wieso lange Haare? Hast Du gehört Erich, was der Bengel gerade gesagt hat?
Erich:
Jaja. Lange Haare. Das ist eben die Zeit. Es haben doch zur Zeit alle lange Haare…

Und so weiter.

Ten Years After war meine vielleicht neunte oder zehnte Begegnung mit einer Band, in der die Musiker lange Haare trugen. Zum allerersten Mal sah ich solche tollen Wollen bei Aphrodite's Child, einer Band griechischen Ursprungs, die mit *Spring, Summer, Winter And Fall* und *I Want To Live* veritable Hits landete, an die ich mich kaum noch erinnere. Was mir jedoch von dem Quartett im Gedächtnis haften geblieben ist, sind die wahnsinnig üppigen Matten und die wahnsinnig dichte Körperbehaarung. Das undurchdringliche Geflecht sah aus wie schwarzes Moos, in dem Handwerkszeuge wie Mikrofone,

Trommelstöcke oder Gitarren kaum noch erkennbar waren.

Lange Haare und Rockmusik gehörten seitdem für mich untrennbar zusammen wie Cindy & Bert, Fix & Foxi oder Wim & Wum. Apropos Wum. Warum eigentlich kletterte Wum zur Weihnachtszeit 1972 in die Hitparade? Weltweit wurde John Lennons *Happy Christmas, War Is Over* gesungen, nur nicht in Deutschland. Hier rauschte alle naselang *Ich wünsch' mir 'ne kleine Mietzekatze* von Wum durch den Äther. Ein Song, der von einem Weihnachtslied so weit entfernt war wie die damalige Bundeshauptstadt Bonn zum Alpha-Centauri-Sternensystem.

Verrückt, nicht wahr?

Wum, das war der von Loriot gezeichnete putzige Hund, dem der legendäre Cartoonist auch seine Stimme lieh, und der Wim zur Seite stand. Sie erinnern sich? Wim Thoelke, Showmaster der ZDF-Quizsendung „3x9".

Wim & Wum – eine seltsame Paarbindung. Und beileibe nicht die Einzige in jenen Zeiten, wo es im Fernsehen nur so wimmelte von kuriosen und omnipräsenten Zusammengehörigkeiten, auf die ich im Moment nicht weiter eingehen möchte. Denn die Gefahr wäre groß, dass ich mich auf den labyrinthischen Wegen durch die Historie des Flimmerkastenprogramms und dessen Begleiterscheinungen, und wie sie den Alltag beeinflussten, verlaufen würde.

Und dann hätte ich am Ende noch den Überblick über diesen Aufsatz verloren, der nur verknappt darstellen soll, worum es in meinen Geschichten geht: nämlich um Musik und Mediales und um Leidensfähigkeit und Lebensgefühle. Mein Gedankenschrott will schließlich ordentlich getrennt und aufbereitet und kommentiert sein, ansonsten stünde er wie eine wilde Wortmüllkippe voll mit unreflektiertem und unnützem Wissen völlig verloren in der Textlandschaft herum.

Nachsatz:

Heintje mochte Pferde und sammelte Heiratsanträge von erwachsenen Frauen. James Last ist tot, war aber mal stinkreich und hatte sein gesamtes Vermögen verloren. Und Alvin Lee, auch schon tot, spielte in seiner Freizeit Klarinette.

Das musste noch gesagt werden.

Seltsame Hirngespinste

Ein ziehender Schmerz rumort im Oberkiefer, umwirbelt den Backenzahn ganz hinten rechts, den ich beim Abtasten mit der Zunge kaum erreiche. Zudem tropft's im Sekundentakt aus der Nase, und mein Rachen fühlt sich an, als wäre er mit Schmirgelpapier bearbeitet worden. Ich friere und schwitze abwechselnd. Sitzen nervt, liegen nervt, alles nervt. Ich leide bereits den ganzen Tag an diesem grippalen Infekt, den ich mir wohl über die Weihnachtsfeiertage eingefangen habe. Dabei will ich fit sein fürs Konzert an diesem Dienstag kurz vor dem Jahreswechsel, habe auch wirklich Lust darauf, denn die Platte „Kein Mut – kein Mädchen" rockt ordentlich, und Herwig Mitteregger ist immerhin der ehemalige Trommler von Lokomotive Kreuzberg, der Nina-Hagen-Band und vor allem von Spliff.

Dieser Mann ist ein Soundtüftler, der's echt drauf hat. Deshalb ziehe ich mir die Spliff-Platte „Herzlichen Glückwunsch" aus dem Regal, lege sie auf den Plattenteller, starte den Spieler, packe mich ins Bett, schließe die Augen, ducke mich im Geiste vor dem fliegenden Blech wech und stehe auf einmal meinem Zahnarzt gegenüber, der, gänzlich dem Alkohol verfallen, mit seinem buckligen Faktotum eine gigantische Brücke bearbeitet, die sie eigentlich so niemals in den Mund des Patienten einbauen können. Und doch klappt es! Denn kaum, dass sie sich mit diesem riesigen Ding dem Patienten nähern, schrumpft die

Prothese eigenartigerweise auf die entsprechende Einbaugröße. Während der Gehilfe nun die neue Kauhilfe auf die mit Klebstoff eingeschmierten Zahnstümpfe aufsetzt, legt der Zahnarzt nur seine zitternden Finger auf den Zahnersatz, der sich durch seinen Tatterich dann tatsächlich festruckelt.

Dieser sonderbare Traum schwirrt mir noch durch den Kopf, als ich allein an einem der einzigen noch leeren Vierertische hinter dem Mischpult stehe und Mitereggers sportliche Aktivitäten nun in voller Lebendigkeit bewundere: Wie er nämlich auf seinen elektronischen Schlagzeugpads, die er aneinanderge-reiht und wie einen Teppich auf den Boden gelegt hat, einen irren Veitstanz aufführt. Ein Drumsolo soll es sein. Ist es auch. Und das Publikum – im Übrigen: volles Haus – macht mit. Skandiert: *Hey! Hey! Hey!* Und klatscht dazu in die Hände. So wie es auch das Grüppchen tut, das sich nun mit an meinen Tisch stellt. Zwei Typen und ein weiblicher Hingucker: zierliche Figur wie Nena, Löwenmähne wie Nena, schnoddriger Ton wie Nena, helles Auflachen wie Nena. Nicht schlecht. Gefällt mir. Die Typen? Allerweltstypen. Nichts Besonderes. Sie redet. Sie hört auf. Sie redet. Sie blickt sich um zur Bühne. Es ist laut, weil das Solo zuende ist und die Band wieder spielt. Sie trinkt ihr Bier in kleinen Schlucken, ihr Lieblingswort ist geil, sie schlägt mit dem Daumen ihrer rechten Hand den Rhythmus auf ihrem Ober-schenkel mit.

Habe ich trotz triefender Nase und verschleier-tem Blick übrigens sofort erkannt, dass das tatsäch-

15

lich Nena ist. Ihr Pilsglas ist noch halbvoll. Sie trinkt gerade. Soll ich sie echt ansprechen? Aber Nena ist ein Popstar. Und Nena ist nicht allein. Mir egal. Ich warte eine gute Gelegenheit ab. Trotz meines Fiebers ist mir schon klar, was ich ihr sagen will, habe mir die Sätze auf die Schnelle gut überlegt und auch ein bisschen vorformuliert. Ich bin zwar krank, aber ich bin mutig. Ich sage also: *Hey Nena, könntest du dir vorstellen...*

Sie hält überrascht inne, schaut mich mit großen Augen irritiert an, lächelt kurz, wird wieder ernst, sagt gedehnt: *Ach duuu, neeeee, lass' mal, hab' kein Bock.* Sie singt es mehr als dass sie es spricht und es klingt so, als sei es der Textanfang eines neuen Liedes. Ich bin begeistert, ich strahle. Sie stellt ihr Glas ab, nickt mir zu, geht zu ihren Typen und verschwindet mit ihnen Richtung Bühne. Ich setze mich auf ihren Hocker, nehme ihr leeres Glas in beide Hände, betrachte die Reste des himbeerfarbenen Lippenabdrucks und erwische wenigstens noch etwas von ihrem Parfüm, dessen Duft sich für eine Weile am Platz hält, bevor sich auch der verflüchtigt.

Das Konzert findet für mich immer mehr hinter einem dicken Vorhang statt. Meine Ohren sind nun dicht, es dröhnt im Kopf, auch die Zahnschmerzen melden sich zurück. Ich verlasse den Ort meiner siegreichen Schlacht, nehme mir vor, ganz bestimmt von Nena zu träumen, weil's mir garantiert Spaß machen wird.

In meinen vier Wänden hat sich nichts verändert, während ich weg war. Warum auch. Die Spliff-LP liegt noch auf dem Plattenteller. Ich nehme sie herunter, lege die Nena-Platte auf, lasse sie laufen, kleide mich dabei aus, lege mich anschließend hin. Der Zahn rockt ebenso laut wie die Musik, im Kopf rotiert Mitteregger gemeinsam mit Nena um seine Trommeln. Ich stehe nochmals auf, schlucke eine Tablette, schalte Musik und Licht aus, verkrieche mich unter meine Decke, rolle mich wie ein Igel zusammen, drücke mir das Kissen auf die schmerzende Backe, schlafe sofort ein.

Vor meinen Füßen liegt eine Birne. Ich kicke sie weg, sie rollt zur Seite, platzt auf und verwandelt sich in Helmut Kohl, dem Bundeskanzler in diesem unserem Lande, der allerdings schon sehr alt, gebeugt und runzelig ist und der riesengroße Ohrmuscheln hat, die so mächtig sind wie bei einem afrikanischen Elefanten. Allerdings flattern sie nicht schlapp im Wind, sondern sind starr aufgestellt. Wie Segel aus Leder. Diese Ohren aber können nicht hören, sie können nur sprechen. Schlimmer noch, sie schreien mir Satzfetzen entgegen, die ich akustisch allerdings nicht verstehe, weil das Geschreie lautlos ist. Mein Unterbewußtsein zwingt mich jedoch dazu, dass ich gefälligst zuzuhören habe. Ich gebe mir große Mühe, denn es ist kräftezehrend und ermüdend.

Ich schaue Elefanten-Helmut angestrengt dabei auf die Hornbrille und konzentriere mich. Schlagartig beginnen Helmuts Ohrmuscheln zu zittern, sein Kopf ruckelt hin und her, erst zaghaft noch, dann immer schneller. Aus den Gehörgängen seines rechten und linken Ohres zwängen sich nun in Zeitlupe weitere Ohren heraus, die sich zunächst zu schwarzen Kugeln zusammenklumpen, sich dann in gleichmäßig geformte runde Scheiben verwandeln, um schließlich als funkelnagelneue Schallplatten auf den Boden zu plumpsen. Kaum höre ich den Ohren erneut mit aller Kraft zu, beginnt dieser aberwitzige Produktionsprozess aufs Neue. Ich denke mir weiter nichts dabei, hebe jedesmal die frisch gepressten Platten auf und stecke sie in meine Jutetasche.

Manchmal habe ich den Eindruck, dass ich auf diese Weise an einige Werke gekommen bin, die in meinen Geschichten eine Rolle spielen oder die in meiner Plattensammlung schlummern. Es kann durchaus sein, dass mich solche oder ähnliche seltsamen Hirngespinste bereits öfters und vielleicht auch am Tag geplagt haben. Wer weiß das schon.

Nenas Debüt-LP von 1983 jedenfalls habe ich ordnungsgemäß in einem Fachgeschäft erstanden. Ehrlich. Ich schaue auch gerne mal nach, ob ich die Quittung noch finde.

Schmackhafte Würstchen in einem rotierenden Topf mit kochendem Wasser drin

Zum letzten Weihnachtsfest schenkte ich mir die „Return To Ommadawn" von Mike Oldfield. Sie erschien 2017 als Fortsetzung von „Ommadawn", die er 1975, nach „Tubular Bells" und „Hergest Ridge", veröffentlicht hatte. Ich kaufte sie selbstredend als LP.

Allein das Reizwort „Return" löste sofort einen verborgenen Hebel in meinem Hirn aus und ich trudelte lässig, wie weiland die zwei Wissenschaftler in der Abenteuerserie „Time Tunnel", durch die Zeit und landete, wie es auch bei ihnen stets üblich war, mittenmang in ein historisches Ereignis. Nein nein, nicht in die Zeit der Raubritter oder der Regentschaft von Napoleon. Ich fand mich in jener nachmittäglichen Stunde wieder, als ich erstmalig mein Multiplay-Recording mit Hilfe von zwei Universum-Cassettenrecordern bewerkstelligen wollte.

Als Mike mit seinen Aufnahmen zu seiner Debüt-Platte begann, war er 19 Jahre alt und beherrschte so tolle Instrumente wie Klavier, Orgel, Geige, Glockenspiel und vor allem elektrische und akustische Gitarren. Ich war 16, konnte recht passabel mit Töpfen, Pfannen, Salatbesteck, Vogelpfeife, Kazoo und meiner Wander-Gitarre hantieren, und ich besaß zudem eine spezielle Single, die vollgepackt war mit Regengeplätscher, Wildbachrauschen, pfeifenden

Winden, aufregenden Hup-Konzerten, abenteuerlichen Bremsgeräuschen, tickenden Wanduhren und Wecker-Geklingel, grollenden Blitz- und Donner-Entladungen und so vielem mehr. Somit war ich bestens gerüstet, erste Aufnahmen zu wagen.

Einen Titel für mein verdammt klangstarkes Oeuvre hatte ich mir bereits überlegt und natürlich in englisch auf die Seite 1 meiner C45-Cassette geschrieben: *Tasty Hot Dogs In A Rotating Pot Of Boiling Water.* Verwegen setzte ich *Part One: Introduction* dahinter, weil ich von den Platten, die mich zu meiner Konzeptmusik-Idee beeinflusst hatten, wusste, dass erfolgreiche Instrumentaltitel immer mehrere Parts haben müssen. Ich hatte lange experimentiert und war dann überzeugt: Knallheiße Würstchen klingen musikalisch am besten, wenn ich das Geklingel des Weckers mit prasselndem Regen zusammenmischen würde. Gesagt, getan und Tasten gedrückt – und schon war mein zehnsekündiges Intro im Kasten.

Mike Oldfield allerdings war schuld daran, dass ich den Rest meines episch angelegten Werkes über schmackhafte Würstchen in einem rotierenden Topf mit kochendem Wasser drin weder fortgesetzt noch vollendet habe und somit auch niemals das Ohr eines Hörers kitzeln konnte. Während ich mich also für die nächste Aufnahme konzentriert mit meinem *Part Two* beschäftigte, zu dem ich vier akkurat gesetzte Akkorde mit fein säuberlich gepustetem Kazoo-Gebläse umwickeln wollte, sprang plötzlich dieser britische Bengel aus dem Gebüsch hervor und haute die fertige „Tubular Bells" heraus.

Unfassbar!

Denn genau diese Art von Instrumentalmusik zu fabrizieren, war exakt auch mein Ansinnen gewesen.

Herrgott, was war ich sauer!

Ich habe dann alles stehen und liegen gelassen, mottete mein Gitarre ein und vertrödelte fortan mein Leben damit, auf meine Recorder stundenlang Musik aufzunehmen und mir diese exzessiv durch den Gehörgang zu jubeln.

Die wirklich wunderbare Musik auf der „Tubular Bells", die bei mir für erfolgreiche Onanierstunden sorgte und sogar so entspannend wirkte, dass ich keine Zeit mehr für die Zigarette danach fand, weil ich sofort einschlief, hätte ich in jenen fernen Tagen sicherlich nicht toppen können.

Doch je häufiger ich aber die Platte hörte, desto mehr kam es mir so vor, als wäre die Musik ein Teil von mir. Zwar standen bei ihm Röhrenglocken im Mittelpunkt, nicht ein schmackhaftes Paar Würstchen, trotzdem war ich mir sicher, dass hier und da übereinstimmende Winzigkeiten mit meinen Geistesblitzen nicht zu überhören waren.

Mike Oldfield also fuhr mir in die Parade und raubte mir mit seinem fein gewebten und wohlklingenden Klanggeflecht den Sinn für selbst zu machende Musik.

Natürlich haderte ich deswegen auch mit der „Tubular Bells". Als ein Jahr später seine zweite Alleingang-Aufnahme, „Hergest Ridge", erschien, stellte ich fest, dass er die Musik durchaus in meinem Sinne und zu meinem speziellen Vergnügen weiterführte. So war's auch bei der nachfolgenden „Ommadawn".

Er hatte meinen Segen, es war okay.

Da mir bis auf den heutigen Tag in keiner Weise bekannt ist, was der Mann seit 1976 an Musik veröffentlicht hat, dachte ich mir beim weihnachtlichen Kauf einfach nur, ach, die „Return To Ommadawn", die knüpft an alte Zeiten an und passt sicherlich gut zur stillen Zeit zwischen den Jahren.

Ich legte die Platte zunächst beiseite, denn Hören ist ebenso eine Tätigkeit wie Waschen, und Waschen, so rät der Volksmund, soll man in diesen stillen Tagen zwischen Weihnachten und Neujahr auf keinen Fall wegen der Geister, Hexen und so weiter, denn sonst droht jemandem in der Familie Unglück, Pech, im schlimmsten Fall sogar der Tod!

Es ist wohl ein jahrhundertealter Aberglaube, der vielen Menschen in den Köpfen, so auch in meinem, umherspukt. Woher er kommt, und was es in dem Zusammenhang mit dem Verbot von häuslichen Aktivitäten auf sich hat, kann ich nicht erklären, hat sich wohl von meiner Oma auf meine Mutter übertragen, ist offensichtlich somit auch bei mir genetisch verankert. Also hörte ich die Platte zwischen dem 25. Dezember und 6. Januar nicht, denn ich wollte nicht, dass meiner Frau oder den Schwiegereltern, in deren Haus wir lebten, irgendwas zustößt.

Einen weiteren Grund, den Hörgenuss zu verschieben, lieferte uns die neue Stadt, in die es uns verschlagen hatte. Es war dort nämlich sehr laut. Vor allem vor, während und nach der Weihnachtszeit: S-Bahnen, U-Bahnen, Busse und der Autoverkehr...

Meine Güte, dieser Verkehr!

Und die zahllosen Baustellen mit ihren Baustellengeräten...

Meine Güte, diese Baustellen!

Und das Gehupe, das Gebremse, das Gebimmel, das Getrappel der vielen Menschen...

Meine Güte, diese Menschen!

Hamburg präsentierte sich in der stillen Zeit als lärmende Weltstadt. Und mittendrin agierten auch noch reihenweise Straßenmusiker, die die stillen Weisen, die in dieser stillen Zeit üblich sind, in aller Öffentlichkeit lautstark aus allen möglichen Instrumenten und auch aus dem Schifferklavier herauspressten und im Wechsel mit launigen Hans-Albers-Liedern intonierten, nur unterbrochen von ihrem ratternden Lockruf *10Cent10Cent-10Cent10Cent,* mit dem sie um eine milde Gabe für ihren Vortrag baten.

Ich war mir sicher, der Stadt drohte noch ein großes Unheil nach der Weihnachtszeit.

Seitdem nun das gesamte Leben darniederliegt und es in der Stadt nach den Umtauschaktionen und dem Abbau der Weihnachtsmärkte ganz still geworden ist, habe ich mir völlig ungezwungen, völlig offen und völlig vorurteilsfrei die „Return To Ommadawn" angehört. Nach einer erfolgreichen aphrodisischen Erquickung und einer Mütze voll Schlaf glaube ich, dass ich beim Lauschen abermals eine Reihe klangschöner Spurenelemente vernommen habe, die glatt von mir hätten sein können, weil ich sie so und nicht anders für meinen selbstgebastelten Sound zur Illustration meiner schmackhaften Würstchen in einem rotierenden Topf mit kochendem Wasser drin vorgesehen hatte. Anscheinend lag ich mit meinen Ideen gar nicht so falsch, und vielleicht wäre aus mir eventuell doch noch irgendwas Musikalisches geworden, wenn ich nicht so früh aufgegeben hätte.

Daher kam es mir im Januar des neuen Jahres auch heiß in den Sinn, demnächst loszuziehen und mir alle bis heute erschienenen Oldfield-Veröffentlichungen zu besorgen, allein nur um nachzuprüfen, ob es nicht noch mehr dieser Ton-Schnipsel gibt, die so oder so ähnlich auch aus meinem Klangkosmos hätten stammen können.

Die Idee, die sich sofort anschloß, nämlich diese Ingredienzien zu sammeln, um auf deren Grundlage zunächst melodiöse Bissen eigener Denkart quasi als Zwischenmahlzeit zu kreieren, um schließlich – immerhin nach jahrzehntelanger Spiel- und Kompositions-Abstinenz - doch noch mein mehrgängiges *Hot Dogs*-Gala-Dinner zuzubereiten, verwarf ich nicht sofort.

Das Leben geht nach Weihnachten und Neujahr nun mal in gewohnter Art und Weise weiter, auch in Hamburg blieb das von mir prognostizierte vermeintliche Unheil aus.

Also wäre das Musikmachen im stillen Kämmerlein und ausschließlich mit mir selbst doch eine sinnvolle Aufgabe für den Herbst meines Lebens. Eine Gitarre besitze ich noch und das notwendige technisches Equipment wäre schnell gekauft.

„Ich glaube aber nicht, dass dir das gelingen würde", wirft Benny grinsend ein, der während des Schreibens an diesem Text neben mir sitzt. „Ehrlicherweise solltest du gestehen, dass du nur deswegen mit deinem *Hot Dogs*-Kram nie in die Puschen gekommen bist, weil du damals unter dem Einfluss der Oldfield-Musik deine Hände stets mehr am eigenen Würstchen als an der Gitarre hattest." Und er fügt schmunzelnd hinzu: „Anscheinend ist das heute immer noch so."

Ach! werden Sie jetzt vielleicht überrascht sagen, unter diesem autoerotischen Aspekt hätten Sie die Klangwerke des britischen Multiinstrumentalisten noch nie betrachtet. Das sei ja zweifellos hoch interessant, aber doch mit Sicherheit nicht das Ende dieser Weihnachtsgeschichte, oder?

Mit Verlaub, doch!

Der Geburtstag

Die Melodie von *Happy Together*
drängt sich zur Weihnachtszeit nach vorn
vor allem die Erinnerung
an den Kindergeburtstag
kurz vor dem Heiligen Abend

Fünf Gören und drei Bengels
darunter die Cousine und ich
Und das Spiel hieß „Stuhl riechen"
dass sich die Cousine
an ihrem besonderen Tag ausgedacht hatte
als der Kuchen alle war

Mit verbundenen Augen sollten wir Jungs raten
welches Mädchen mit seinem Schlüpfer
das Polster heiß gerieben hatte
Unsere Tipps gingen stets daneben
weil die Düfte so schnell verflogen
die Cousine meinte dann
wir probieren es ohne Stuhl

Wir legten uns also auf den Fußboden
die Mädchen lupften ihre Kleidchen
hockten sich abwechselnd auf unsere Gesichter
rutschten vergnügt über unsere Nasen
und überraschten uns mit einem Bouquet
aus Kamille, Kräutersalz und Kernseife

Die Treffer wurden besser
vor allem beim Cousine-Schnuppern
weil ihr süßer Marzipan-Duft
die Vorfreude steigerte
auf festlich dekorierte Schnuckerteller

Die Tante trat fröhlich pfeifend ins Zimmer
mit frischem Kuchen und frischem Kakao
und ließ erschreckt den Nachschub fallen
Fast im Rhythmus des Songs
der aus der Küche herüberschallte
riss sie uns kopfschüttelnd auseinander

Wir hatten verschwitzte Gesichter
waren uns keiner Schuld bewusst
als die Tante diesen Tag
abrupt für beendet erklärte
und uns kurzerhand nach Hause schickte

Vicky mit weichem W

Zuweilen ertappe ich mich dabei, dass ich Melodien von Schlagern pfeife, denen ich zwar nie so richtig zugehört habe, die sich aber trotzdem einprägten. Meistens stammen diese Schlager aus den 1970er-Jahren.

Versetzen wir uns also für einen Moment zurück in die Zeit der Klappräder und Kettcars, ziehen die klackernden Clogs aus, machen es uns, wie die Pulle mit dem Nervenkraftgebräu Galama, in unserem Rattan-Schaukelstuhl bequem und freuen uns auf den Auftritt von Vicky Leandros in der „ZDF-Hitparade" mit Dieter Thomas Heck.

Es geht um ihr Lied *Nur bei dir* aus den ganz frühen 1970er-Jahren, dem ich ausnahmsweise intensiver mein Ohr schenkte und das sich auch heute noch bei bestimmten Gelegenheiten von einem kraftvollen Luftwirbel angetrieben gern über meine Lippen nach außen drängt. Es hat ganz bestimmt damit zu tun, dass der Schlager in etwa die gleichen Notenwerte und Tonhöhen beinhaltet, den ein ähnlich klingender Titel von der Rockband Aphrodite's Child, ebenfalls wie Vicky aus Griechenland stammend, aufweist.

Als Vickys Lied mit den wuchtigen Pianoakkorden und der satten Orchestrierung durch Äther und Röhre rauschte, war ich ein Teenager und sie schon fast ein Twen. Ich war vierzehn, sie neunzehn. Ein Lied, das mich elektrisierte, ein Mädchen, das mich stimulierte. Kaum sah ich sie im Fernsehen, stieg mir sofort der Geruch von Lavendel, Oleander und Jasmin in die Nase.

Als ein Kind des Werbefernsehen-Zeitalters war mir der Weichspüler Vernell, der mit jenen Aromen angereichert war, natürlich ein Begriff. Denn die Textilien, die mit diesem Konzentrat veredelt wurden, fühlten sich nicht nur so puschelig weich an wie die flauschigen Stallhasen von Onkel Heinz in Altenbochum, sie verströmten auch einen betörenden Wohlgeruch. So wie die Wäsche bei uns im Schlafzimmer.

Und Vicky musste folgerichtig auch so gut riechen, denn an ihr war schließlich alles Schlafzimmer: Mich entzückten ihre duftigen, frühlingsfrischen und farbenfrohen Mini- und Maxi-Kleider; vor allem aber bezauberte mich ihr sinnlich-schläfriger Blick durch halb geöffnete Lider, weswegen dieses reizvolle Wesen meiner Wahrnehmung nach nirgendwo anders als eben nur in jenes Gemach verortet werden konnte, wo man die Zweisamkeit auf ewig und schön kuschelig unter der Bettdecke verbringt.

Vicky mit weichem W, wie bei „Wickie und die starken Männer", sang mit einer achtbaren Powerstimme in einer für mich hochdramatischen Zeit, denn ich war heftig in sie verknallt. Wenn sie ins Rampenlicht schritt und ihr Antlitz nach und nach von den Studio-Kameras bildschirmfüllend vergrößert wurde, dann schoss mir es mir heiß ins Gesicht und ich wurde knallrot.

Eine unangenehme Reaktion.

Mein Blut kochte auf, blubbte aus der Bauchgegend hoch bis zum Kopf, ließ ihn erglühen. Ich schämte mich dafür, dass jeder sehen konnte, wie an- und aufgeregt ich war.

Vicky hat's natürlich nie bemerkt, denn sie stand auf der anderen Seite des Fernsehschirmes und konnte mich nicht sehen. Aber mein Vater hat's bemerkt, der gern ein kräftiges „F" präferierte, wenn es um Worte und Namen ging, die mit „V" begannen. „Guck mal schnell, da singt die Ficky!", tönte er an jenem zweiten Advents-Abend durchs Zimmer und rückte sich seinen Teller mit den Schnittchen zurecht. In meinen Ohren klang es wie „Fick sie!". Ich wurde noch röter, galt doch eine Aufforderung dieser Art und in jenen Zeiten als Schmutz hoch zehn.

Ich starrte sehr angestrengt und sehr verlegen auf den Bildschirm und konzentrierte mich auf meine Vicky. Mit meiner dramatisch leuchtenden Birne sorgte ich wohl für eine dermaßen auffällige Illumination im Zimmer, dass meinem Vater beinahe das hartgekochte Ei aus der Hand fiel, das er gerade von seiner Schale befreit hatte. Er schaute zu mir herüber, schüttelte leicht den Kopf und sagte: „Hätte ich mal nichts gesagt." Ich glaube bis heute, dass er dabei schmunzelte, als er sich dann fix zum Fernseher herumdrehte, mit einem glatten Schnitt das nackte Ei zerteilte, sich auf jede Hälfte eine Tomatenscheibe legte und sie nacheinander genüsslich in den Mund schob.

Vicky hat in den vergangenen Jahrzehnten viele erfolgreiche Lieder gesungen. Es mag sein, dass viel-

leicht deswegen kaum einer das Lied *Nur bei dir*
kennt. Höchstwahrscheinlich aber wird es irgendwann neu entdeckt und in einen völlig anderen Zusammenhang gestellt werden.

Es ist üblich, dass nicht mehr benötigte Grabstei-
ne geschreddert und der so gewonnene Bruch für
den Neubau von Straßen aller Art verwendet wird.
Weniger bekannt ist es hingegen, dass man so auch
mit Musik verfährt, die keiner mehr braucht. Die
wird ebenfalls recycelt und in volkstümliche Weisen
umgewandelt, oder es werden Loops, Samples und
Playbacks gefertigt für Rapper, Casting-Shows oder
Werbejingles. Das berühmte Gard-Lied aus dem
Jahr 1982 ist nur ein Beispiel:

*Schönes Haar ist dir gegeben/lass es leben - nimm
Gard/gib ihm Liebe, gib ihm Pflege/Überlege - nimm
Gard...*

Um den Werbespot für das Haarpflegeprodukt
aus dem Hause Gard mit eingängiger Musik zu ver-
sehen, nutzten die Produzenten die Melodie des Ab-
ba-Songs *Move On.*

Es ist die A-Seite der Single aus dem Jahr 1977.
Da kann man durchaus behaupten, die Wiederver-
wertung schloss sich seinerzeit schon sehr bald an.
Nur bei dir war ein B-Seiten-Titel. Da wird es eventu-
ell noch ein bisschen länger dauern, bis man diesem
Lied von Vicky auf die Spur kommt.

Mir kann es egal sein, denn ich bin im Besitz der
für mich spektakulären Single, die mir beim Ab-

spielen die aufregende Zeit zurückbringt, in der wir uns die Schirmkappen noch richtig herum aufgesetzt habe.

Die Zeit nach Mitternacht

Die brünftigen Kerle in dem Schweden-Porno sind fast bis zur Schwanzspitze behaart und die altersneutralen Frauen tragen schlechtsitzende Lockenkopf-Perücken. Ort der Handlung ist eine Sauna, in der sechs Menschen urplötzlich übereinander herfallen. Seit zehn Minuten wird geleckt, gerieben, gelutscht und gevögelt. Grieselige Bilder mit Gelbstich und Detailvergrößerungen in Zeitlupe.

Karl steht auf und geht aufs Klo. Gerd bringt noch ein paar heiße Würstchen und ein Sechserpack Dosenbier aus dem Nebenraum, schließt schnell die dickwandige Stahltür, damit der Lärm draußen bleibt. Eigentlich ist es egal, denn der Film läuft ohne Ton. Abgesehen von dem Quietschen des Motors im Projektor, der die zwei bierdeckelgroßen Filmspulen transportiert. Wir essen und trinken, drücken uns tiefer in die schmuddeligen Sitzgarnituren aus schmutzig-weißem Füllstoff, gucken wortlos kauend zu und warten auf den Sonnenaufgang.

Die Nachtschicht fahren wir zu fünft: drei Elektriker, zwei Schlosser. Ich bin einer der Schlosser, mit 21 Jahren der jüngste in der Runde, Karl ist mein Kollege.

Zu unserem Job gehören stündliche Rundgänge, bei denen wir die Kettenglieder und die Rollen der Förderanlage kontrollieren, die rund um die Uhr die in ein Spezialgestell eingehängten Seitenwände für die Autos aus dem Presswerk über mehrere Etagen hoch zur Montage transportieren. Manchmal verhakt sich eine der Laufrollen in den kilometerlangen Trägerschienen oder die Seitenwände kollidieren miteinander. Dann röhrt die Sirene los, die Anlage schaltet sich ab und wir müssen gucken, was zu tun ist. Rollen nachschleifen oder die Lager nachfetten oder die Einheit austauschen oder verhakte Seitenwände trennen und sie wieder ordentlich ins Transportgestell einhängen.

Ich trage dabei dicke Handschuhe, denn die Bleche haben scharfe Kanten. Die Arbeit kann schon mal eine ganze Weile dauern, vor allem dann, wenn die Störung nicht in Augenhöhe, sondern in der dritten Ebene in schwindelnden Höhen passiert. Den nächsten Aufstieg suchen, auf der schmalen Leiter zehn Meter oder höher kraxeln, dann über die Laufgitter hasten, um den Störungsgrund zu finden. Gerd, Jupp und Freddy haben andere Aufgaben an der Tankfertigungsstraße zu erledigen. Rundgänge gehören bei ihnen aber auch dazu.

Seit fünf Monaten bin ich mit im Team, träume aber in dieser kalten Dezembernacht kurz vor dem Heiligen Abend davon, ein einsamer *Sultan Of Swing* zu sein, der mit seiner Gitarre durch die Welt streunt, und habe den Kopf zum Bersten voll mit der Musik der Dire Straits.

Ich höre mich wund an diesen sanft-bluesigen Pickings von Mark Knopfler, dem introvertierten Sänger und Gitarristen, dessen schwerelose Melodien mein Hirn aufwühlen und romantische Bilder von zarten Liebestreffen und aufregenden Küssen zulassen. Genau so stelle ich mir das vor. Und ich stelle mir das vor allem mit der bildhübschen Kate Bush vor, der mädchenhaften Britin, die gerade ihr eigensinniges, popsymphonisches Debüt veröffentlicht hat.

Ich hörte sie im Sommer in Concarneau zum ersten Mal, als wir zu sechst für ein paar Wochen in der Bretagne unterwegs waren. Wir stapelten natürlich auch noch andere Cassetten im Gepäck. The Band mit „The Last Waltz" zum Beispiel, weil wir unsere Gitarren dabeihatten und abends auf dem Zeltplatz Bob Dylan, Neil Young und die anderen begleiteten und kräftig dazu mitsangen. Die tollen Songs von Kate aber waren etwas Besonderes. Zum Mitspielen waren sie allerdings viel zu kompliziert. Und Mitsingen ging auch nicht, da ihre Stimme zu hoch für uns war. „The Kick Inside" war Musik zum Zuhören und Träumen. Eben träumen von Kate. Wir waren doch alle verknallt in Kate, die gerade 19 Jahre alt geworden war.

Das einzige Foto auf dem Cover, das wir extra mitgenommen hatten, war zwar recht klein geraten, beflügelte sicherlich auch gerade deswegen die Fantasie. Denise, Nicole und Christine, unsere bretonischen Urlaubsbekanntschaften, konnten das überhaupt nicht verstehen. Aber die Songs mochten sie auch. Als einen Monat später endlich die neue Ausgabe der „POP" mit dem Doppelseiten-Poster erschien, war ich sicherlich nicht der einzige glückliche Mensch auf der Welt. Ich nahm die Fotos von Denise von der Wand meines Jugendzimmers und schmückte den nun freien Platz mit der bezaubernd lächelnden Kate.

Kurz vorher, im Juni, klappte es im zweiten Anlauf endlich mit meiner Abschlussprüfung. Und ich wurde tags darauf sofort als „Betriebsschlosser für die Reparatur von Fördereinrichtungen", so lautete meine offizielle Berufsbezeichnung, übernommen und in diese winzige Reparatur-Werkstatt im Opel-Werk 1 zu Karl und den drei Elektrikern gesteckt.

Gestandene Facharbeiter. Aber gestrandet und vergessen in diesem vergitterten Käfig, an dem nicht Reparatur-Werkstatt, sondern „Repstelle" dransteht, der irgendwo in der Nähe der Tankstraße und den mächtigen Pressen, die aus hauchdünnem Blech widerstandsfähige Funktionsbauteile für die Karosserie formen, versteckt ist. Kaum zu finden für Nichteingeweihte.

Und trotzdem ist immer was los in unserer Bude. Gerd, Jupp und Freddy, der Kolonnen-Schieber, betreiben einen äußerst erfolgreichen Imbissstand mit Wiener-Würstchen und Hansa-Pils. Zweimal pro Schicht wird Freddys lange Werkbank abgeräumt und für die Doppelkochplatte und die Töpfe, für Papierteller, Plastikbesteck, Servietten und was man sonst noch so braucht, vorbereitet.

Ich weiß bis heute nicht, wie sie es schafften, die Paletten mit Bier, Senf, Ketchup und den kiloschweren Würstchendosen an der Werkswache vorbei in den Betrieb hinein zu schmuggeln. In unserer „Repstelle" gab es ein Versteck, wo die Waren bis zu ihrem Einsatz ordentlich gelagert und der Bestand

36

regelmäßig aufgefüllt wurden. Neben der „Repstelle"-Eingangstür hatten sie ins Käfiggitter sogar einen Ausgabeschalter eingebaut. Es gab feste Verkaufszeiten, Mengenrabatte und zu besonderen Gelegenheiten besondere Wurstspezialitäten und Krautsalat.

Freddy ist stets der Chef an der Platte, trägt dazu eine Schürze und kommandiert seine Jungs herum, denn der Andrang ist groß, vor allem die Akkordarbeiter in der Produktion schätzen diesen Service. Der Arbeitseifer meiner drei Kollegen hält sich während des hektischen Verkaufs allerdings in sehr engen Grenzen, wenn es kurzfristig um betriebsbedingte Reparaturen geht. Dann wird wild herumtelefoniert, ob nicht andere Elektriker mal kurz einspringen können.

Bemerkenswert.

Auch deswegen, weil alle Vorgesetzten, vom Meister bis hinauf zum Betriebsleiter, von dem Tun und Treiben wissen und - aus welchen Gründen auch immer - beide Augen zudrücken.

Karl ist ein ruhiger Zeitgenosse. Er lehnt mit verschränkten Armen an seiner Werkbank, jammert gerne über seine angegriffene Bandscheibe und darüber, dass ihm das Leben sowieso übel mitspielt. Seine Klagen dauern meist eine gute halbe Stunde und enden damit, dass er mich wegen meiner langen Haare anmacht. Weibisch sei das. Und dann sagt er unvermittelt: „Pass auf und sag' Bescheid, wenn der Meister kommt!" Er reckt sich, fasst sich ins Kreuz und schlurft mit schmerzverzerrtem Gesicht in seine

Ecke hinter der kleinen Schmiede in unserer „Repstelle", hockt sich auf den Amboss, vertieft sich hingebungsvoll in seine Schmuddelheft-Sammlung, schlürft dazu im fliegenden Wechsel Dosenbier und Asbach-Cola und wartet auf den Feierabend und vor allem, wie die anderen auch, auf seinen Fahrschein in die Freiheit, den Sechser im Lotto. „Ich hab' meine Zahlen, ich hab' mein System! Und wenn das endlich klappt, bin ich hier so schnell' raus, so schnell kannst du gar nicht gucken!"

Während der Nachtschicht gibt es keinen Verkauf. Deshalb sind wir gemeinsam in der Polsterei. Nur ab und an geht einer von uns in die „Repstelle", trägt die absolvierten Runden und die Störungen in das Laufbuch ein, kommt wieder zurück, weil es hier wärmer und ruhiger ist.

Ich habe die Nase gestrichen voll von dem ständigen Wechsel Frühschicht, Mittagschicht, Frühschicht, Nachtschicht und wieder von vorn, der mein kleines Leben total durcheinanderwirbelt. Von der Welt draußen kriege ich kaum etwas mit, da ich meine Freizeit viel zu oft verschlafe. Die Musik hält mich zwar fit, aber die Arbeit fordert mich nicht. Ich trete auf der Stelle, rotiere müde im Leerlauf durch die Zeit.

Die Kollegen sind keine große Hilfe bei meinen Gedankengängen. Sie haben sich in ihrem speziellen Universum komfortabel eingerichtet, sie sind fünf oder sogar zehn Jahre älter, und sie gehen mir mit ihrem feuchtfröhlichen Gerede über zünftige Kegelabende, zahnlose Kicker und zickende Teenager-

Töchter auf den Keks. Ich bin unsportlich, habe mit Fußball nichts am Hut und so etwas wie Familie kommt in meinem Sprachschatz überhaupt nicht vor.

Ich mag auch nicht das nächtliche Flimmergeficke und vor allem höre ich keine Countrymusik. Schon gar nicht die von Truckstop, den fröhlich fiedelnden Cowboys von der Waterkant. Obwohl ich es verstehen kann, dass meine Kollegen diese Fernfahrer-Seligkeit mögen. Gerade dann, wenn man tagtäglich auf nur wenigen Quadratmetern eingesperrt ist. Meine Dire-Straits-Songs erzählen mir auch Geschichten, die hinterm Horizont liegen. Aber anders.

Tagsüber ist es für mich erträglicher, dann kann ich mich mal dünne machen, die Kumpels besuchen in den anderen Abteilungen, die nachts nicht besetzt sind, oder ich fahre einfach nur so mit dem Elektrokarren herum.

Ich hätte es doch gut getroffen, sagte man mir damals. Die Kollegen der Gegenschicht seien viel schlimmer.

Glaube ich gerne, wenn ich an den Auftritt von Hennes denke, einem schweren Trinker, den alle nur wegen seiner Vorliebe für Dosenbier passenderweise „Döschen" nennen, und der kürzlich beim Schichtwechsel hackedicht mit einem Vorschlaghammer in der Förderanlage herumkroch und wie irre auf die Kettenglieder eindrosch und unablässig dazu schrie, dass er der Scheißanlage jetzt endlich die Scheiße raushauen würde.

Klarer Fall von Lagerkoller.

Die kräftigen Männer der Werkswache hatten große Mühen, ihn halbwegs zu beruhigen und aus dem Betrieb zu tragen.

Es ist drei Uhr. Und ich hocke die vierte Nacht in Folge wieder mal leicht angeschickert in meinem öl-verschmierten, nach ranzigem Maschinenfett stinkenden Blaumann in der Polsterei und starre auf den armseligen Plastik-Tannenbaum, der uns auf Weihnachten einstimmen soll.

Als Karl zurückkommt, ist der Film vorbei. Er nimmt sich ein neues Bier, lässt sich erschöpft ins Polster fallen, Freddy schaltet den Projektor aus, guckt in die Runde und sagt: „Mann-Mann-Mann-Mann, was?".

Er reckt sich, schaut auf die Uhr und meint, man müsse nochmal 'ne Runde machen und gucken. Er zeigt auf Jupp und sagt: „Jupp, du gehst!" Jupp ist ein Süffel und schon ziemlich breit, trotzdem steht er flink auf, stapft ohne Widerworte los. Gerd grinst, freut sich, dass er liegen bleiben kann und singt fröhlich diesen Truckstop-Refrain von *dem Lied von der Frau, die nichts anhat als den Gurt auf dem Schild an der Straße von zu Hause in die Stadt wo er so oft langfährt*.

Als die Sirene losheult, wache ich ruckartig auf, weil mich Karl an der Schulter schüttelt. „Störung", sagt er knapp. „Irgendwo in der zweiten Ebene. Mach' mal hin, gleich ist Feierabend!"

Ich rappel mich auf, schnappe mir meine Handschuhe, verschwinde schlaftrunken durch die Stahltür ins Werk und bin überhaupt nicht überrascht, als dort plötzlich Kate und Mark auf mich warten und sich bei mir einhaken. Gemeinsam folgen wir dem zarten Strahl der noch kalten Morgensonne, der den Weg zur stillstehende Anlage ausleuchtet.

Ich gehe fröhlich pfeifend mit den beiden einfach daran vorbei.

Musik machen mit Gottes Segen

Einer meiner Helden der frühen Jugend war ein älterer, distinguierter Herr, der gern Anzug und Fliege trug und eine Schiebermütze. Er war der Organist in unserer Kirche. Seitdem ich regelmäßig mit ihm gemeinsam am Spieltisch auf der Empore sitzen durfte, um beim sonntäglichen Hochamt die Register zu ziehen, war ich seiner Kunst und dem Sound seines Instruments verfallen. Die mächtigen Klänge, die durch die meterhohen Pfeifenkästen mal feierlich zart, mal majestätisch jubilierend durchs vollbesetzte Kirchenschiff brausten, gaben mir kleinem Helferlein das Gefühl, allein nur durchs Hören glatt ein paar Zentimeter über mich hinaus zu wachsen.

Jeden Ton saugte ich ein und speicherte ihn ab, denn die Orgelmusik funktionierte nicht nur als Schönklang fürs Gemüt sondern vor allem auch prima als Schmerzdämpfer, wenn der Mathelehrer ganz alter Schule im Laufe der Woche seine Tobsuchtsanfälle an uns ausließ und sich ein Opfer suchte, natürlich auch mich, das er mit dem Lineal traktieren konnte.

Immer kräftig auf die Fingerspitzen, weil's dann besonders weh tat.

Der unberechenbare Herr Doktor kannte aber auch noch andere Disziplinarstrafen, wenn die Textaufgaben nicht zu seiner Zufriedenheit gelöst wurden: An den Ohren ziehen und zur Tafel schleifen oder Kopfnüsse austeilen oder Schlüsselbundwerfen.

In solchen Momenten dachte ich einfach an die behagliche Klangdecke, die die Orgelmusik für mich ausrollte, wickelte mich gedanklich darin ein, und dann klappte es ganz gut, den glühend-ziehenden Schmerz in den geröteten und gerissenen Fingerkuppen oder die Beule an der Stirn zu verdrängen, wenn mich zum Beispiel der Schlüssel getroffen hatte.

Völlig anders ging es zu, wenn Klaus-Uwe, jugendlicher Pädagoge ganz neuer Schule, zum Musikunterricht in die Aula lud und zu Beginn der frühen Stunde gedankenverloren aber mit Nachdruck und natürlich mit der Absicht, uns wachzurütteln, ein paar keck improvisierte Akkordfolgen auf der elektronischen Lyzeums-Orgel spielte. Dieses Instrument hatte zwar überhaupt nichts gemein mit der trutzigen Tastenburg in unserer Kirche und wirkte tontechnisch eher so ein bisschen quengelig wie der quirlige Enkel eines weisen Opas. Trotzdem ließ der Klang meine Haut vibrieren und jagte mir sanfte Schauer durchs müde Gemüt.

In diesen Momenten entfaltete sich dann tatsächlich und aufs Herzlichste der humanistische Ansatz der Goethe-Lehranstalt, die als „Städtisches mathematisch-naturwissenschaftliches und neusprachliches Gymnasium für Jungen" hoch angesehen war.

Klaus-Uwe war freundlich, ein Meister seines Fachs und es war schier beeindruckend, was er aus der Technik herauskitzelte. Nie waren mir Bach, Beethoven, Bartholdy, Franck oder Händel näher als

43

in jenen morgendlichen Momenten in der kühlen und muffigen Aula, wenn Klaus-Uwe loswalkte, danach aus dem Leben der Tonschöpfer erzählte und mit Klangbeispielen unsere Lust an klassischer Musik weckte.

Wenn du dermaßen angefixt und zudem über liturgische Lieder wie *Ehre sei Gott in der Höhe* geprägt wirst, ist es kein Wunder, dass du nur noch Musik klasse findest, bei denen die Orgel oder klassische Themen im Vordergrund stehen. Solche wohlklingenden Preziosen gab's zuhauf, sogar in der Popmusik. Und somit entwickelte ich sehr schnell auch ein Faible für Barry Ryans *Eloise* oder dem *Song Of Joy* von Miguel Rios. Sogar in der überschaubaren Plattensammlung meines Bruders wurde ich fündig und liebte fortan The Monkees, The Tee Set oder Procol Harum. Das heißt, ich liebte die Musik der Singles *I'm A Believer*, *Ma Belle Ami* und *A Whiter Shade Of Pale*.

Hinter verschlossener Tür und meist zu nachtschlafender Zeit legte mein Bruder ab und an bei Kerzenschein und sehr leise eine wohl ganz besondere Single auf. Ich hockte dann stets stocksteif, um nur ja kein Geräusch zu verursachen, vor seiner Tür, schloss die Augen und presste mein linkes Ohr fest aufs Schlüsselloch, um von dieser wunderbar magischen Musik, dessen Thema sich ständig wiederholte und bei jeder neuen Schleife von einer schwerelos dahingleitenden Orgelmelodie und einem ploppähnlichen Basslauf angetrieben wurde, so viel wie möglich zu erhaschen. Gesang gab es kaum zu hören, dafür wurde französisch gesprochen und vor allem heftig gestöhnt und geseufzt.

Die Reaktion des Kirchenorganisten, dem ich an einem Sonntag kurz vor Beginn der Messe die Melodie vorspielte und ihn fragte, ob er dieses tolle Lied kennen würde, und wenn ja, ob er es vielleicht mal mit allen Registern spielen könnte, erstaunte mich. Er unterbrach verschreckt meinen Vortrag, schüttelte den Kopf und fragte mich völlig entgeistert, wo ich das denn gehört hätte.

Nachmittags erzählte ich meinem Bruder davon und fragte, warum der Organist wegen des Liedes so aufgeregt gewesen wäre. Dafür bist du noch viel zu jung, sagte er. Und: Ich solle ja keinem sagen, dass er diese Platte besäße! Warum das ein Geheimnis bleiben sollte, sagte er mir nicht. Und auch nicht, warum ich für dieses Lied noch nicht alt genug sein sollte. Ich zuckte die Schultern, behielt aber die Melodie im Kopf und wunderte mich mehr darüber, dass ich seit meinem rudimentären Vorspiel in der Kirche meine Finger nicht mehr still bei mir halten konnte. Sobald ich mir einen Schlager, ein Kirchenlied, einen Popsong oder einen jener volkstümlichen Akkordeon-Titel aus der väterlichen Will-Glahé-Sammlung aus dem Gedächtnis kramte und vor mir her pfiff, glitten die fünf Finger meiner rechten Hand äußerst eigendynamisch und sehr rhythmisch dazu über den Wohnzimmertisch, als wäre er eine Tastatur. Klare Sache: Ich wollte Orgel spielen.

Da ich mich in Mathe von heute auf morgen nicht verbessern würde, bat ich den strengen Herrn

Doktor, bei künftigen Strafen doch bitte nur noch die Kopfnuss oder das Ohrenziehen zu wählen, da ich jetzt bald das Orgelspiel lernen würde und üben müsse, und dass ich dafür gesunde Finger brauche.

Diese Absicht muss ihn wohl beeindruckt haben, denn das Lineal blieb fortan in der Schublade. Klaus-Uwe, dem ich auch von meinem Wunsch erzählte, fand die Idee hervorragend, weil sie doch eine schöne Ergänzung zu meinem Einsatz im Schulchor sei.

Mein Held an der Kirchenorgel war ebenfalls begeistert und bot auch gleich an, mit den Eltern zu reden, um die Konditionen auszuhandeln, da er mich sehr gern unterrichten würde. Die drei, vier Freunde in der Klasse, denen ich davon erzählte, meinten nur, dass ich dafür wohl viel Zeit brauche und dann könne ich ja wieder aus dem Verein austreten, denn Fussball und Tischtennis spielen ginge dann nicht mehr. Sie hatten recht, doch ich hatte mich bereits entschieden: Ich wollte unbedingt Orgel spielen.

Als wieder mal eine Folge der englischen Abenteuerserie „Wer ist Tyrant King?" lief, die ich wegen der phänomenalen Vor- und Abspannmusik so gerne sah, überlegte ich, während die hymnische Fanfare, die mit Schlagzeug, Bass, Spinett, Orgel und Chorgesang instrumentiert durchs Wohnzimmer donnerte, wie ich es den Eltern sagen wollte.

Zum Glück gab's im Fernsehen häufig Klaus Wunderlich zu sehen. Den Mann und seine Musik, der auf einer Hammond-Orgel beliebte und bekannte „Melodien, die man nie vergisst" interpretierte, fanden sie gut. Schon mal nicht schlecht. Dass ich meinen Musiklehrer und den Kirchenorganisten ebenfalls auf meiner Seite hatte, galt sicherlich als ein weiterer Pluspunkt. Ein Instrument für mich hatte ich auch schon ausgewählt.

Im Musikhaus Kühl klimperte ich hingebungsvoll eine Woche lang nachmittags auf der Philips-Philicorda herum, bis mich einer der Verkäufer rausschmeißen wollte. Als ich ihm im Hinausgehen sagte, dass ich dieses Instrument ganz sicher zu Weihnachten bekommen werde, ließ er mich gewähren. Aber nur noch einmal in der Woche, mahnte er mich. Ich nahm dann stets mein Gesangbuch und „Die Mundorgel" mit, um mich mit meinen Lieblingsliedern *Lobe den Herren, den mächtigen König der Ehren* und der düsteren Moritat über den fiesen *Ritter Hadubrand,* der zu recht von einem Gespenst umgebracht wurde, einzustimmen.

Gut vorbereitet, überraschte ich die Eltern eines Tages mit meinem Wunschzettel und einer detaillierten Aufstellung, was Orgel und Unterricht kosten würde, erwähnte die Fürsprecher, erinnerte an Klaus Wunderlich und wies auch geschickt darauf hin, dass der Ursprung meines Wunsches letztlich wegen der schönen Lieder, die während der Messe gesungen und begleitet werden, durchaus kirchlich geprägt sei.

Doch umsonst.

Trotz aller guten Argumente fiel das Weihnachtsgeschenk 1969 äußerst bescheiden aus. Nur die Hohner-Melodica fand ich unterm Tannenbaum. Immerhin das Topmodell der Trossinger Tüftler.

Nämlich die große Ausführung mit richtigen schwarzen und weißen Klaviertasten, mit Luftschlauch und einem Kunststoffständer, so dass man das flötenähnliche Instrument waagerecht auflegen und mit beiden Händen pielen konnte. Und es gab einen Cassettenrecorder obendrauf, den silbernen von Philips, mit dem mittig eingebauten Steuerungsknauf. Ein Mikrofon lag als Zubehör mit dabei.

Natürlich war ich enttäuscht. Aber ich machte das Beste daraus, übte fleißig und erarbeitete mir im Laufe des Jahres auf dem Instrument eine meisterliche Fertigkeit, die ich im Kreise von Verwandtschaftstreffen und vor allem an den Weihnachtstagen zum Besten gab.

Auch das Aufnehmen meiner eigenen Klangexperimente machte Spaß, obwohl das Band der ein oder anderen Cassette häufig riss und ich mich schon sehr bald mit einer besonderen Eigenart dieser neuen Technik auseinander setzen musste, dem Cassettenbänderflicken: Gehäuse aufschrauben, die zwei Enden des Tonbandes an der Rissstelle jeweils schräg anschneiden und mit einem schmal geschnittenen Tesafilmstreifen rückseitig verkleben, schließlich das Band wieder sorgfältig in die Führungen und um die Laufrollen einfädeln, die hauchdünne Schutzfolie einpassen, Gehäuse verschrauben, fertig.

Ich spielte alles nach, was die wenigen Schallplatten, gut versteckt in der elterlichen meterlangen Schrankwand und selten gehört, hergaben: Die *Abendglocken* vom Don-Kosaken-Chor, den *Radetzky-Marsch*, Volkslieder wie *Sah ein Knab' ein Röslein stehn,* die lustigen Lieder von Gus Backus und Bill Ramsey, *Bohnen in die Ohr'n* und *Ohne Krimi geht die Mimi nie ins Bett*, das *Danke*-Lied vom Botho-Lucas-Chor, die Lieder von Willy Schneider, Alice Babs oder Rita Streich.

Mein Repertoire erweiterte ich erneut mit Liedern aus dem Gesangbuch, aus der „Mundorgel" und von den Schallplatten meines Bruders. Irgendwie drehte ich mich aber dabei im Kreis.

Und es wäre sicherlich noch ewig so weitergegangen, wenn es nicht den Leiter meiner Messdienergruppe und sein Telefunken-Tonbandgerät gegeben hätte. Das wuchtige Ding brachte er nämlich eines Tages mit in die Gruppenstunde. Und nachdem wir die korrekte Händewaschung für die Messe nochmals geübt hatten, spielte er für den Rest der Stunde die Musik vor, die ihm gefiel.

Es war für uns Jungs ein erfrischendes Erlebnis, diese ungewohnten und kompliziert klingenden Songs von Bands wie Deep Purple, Yes, Jethro Tull, Ekseption oder Rare Bird kennenzulernen, die sogar allesamt eine Orgel im Instrumenten-Gepäck mitführten.

Alles das, was ich an diesem Nachmittag an Musik hörte und wie ein Schwamm aufsog, erschien mir so, als wären diese Songs und Sounds nur für mich komponiert worden. Manche Melodien erinnerten mich zwar an die klassischen Serenaden, Präludien oder Menuette, doch das Besondere an diesen Rocksounds waren die hitzige Rhythmik, das treibende Bassspiel, die verzerrten Gitarren.

Mein Lieblingslied wurde später die Ballade *Lucky Man* von Emerson, Lake & Palmer, weil die Melodie am Ende des Stückes fast zwei Minuten lang mit dem Moog-Synthesizer gespielt wurde. Das war ein furioser Schluss, bei dem die Membranen der Lautsprecher flatterten und die kleinen Boxen auf dem Regalbrett in meinem Kinderzimmer verrutschten, da die tiefen und hohen Frequenzen des futuristisch anmutenden elektronischen Tastatur-Monsters eine bis dahin noch nie gehörte Dynamik erzeugten.

Dass meine Melodica diesem Ansturm an Melodien und Harmonien nicht mehr gewachsen war, erklärte sich von selbst. Und als hätte der Herr im Himmel mich erhört, ergab es sich eines Tages, dass der Vikar unserer Gemeinde bei uns zuhause klingelte, um mir ein Instrument zu schenken. Allerdings keine Orgel, sondern eine Wandergitarre. Er wisse sonst keinen Jungen, der damit umgehen könne und vom Organisten habe er gehört, dass ich doch talentiert sei und so fort.

Die Schenkung kam bei den Eltern nicht gut an und mir wurde plötzlich klar, dass es ihnen nie ums Geld gegangen war, als ich meinen Orgelwunsch äußerte. Jetzt allerdings stand Gottes Segen zwischen ihnen und mir und sie hielten in Demut still und ertrugen meine Zupf- und Schlagversuche und ich konnte mich intensiv und mit unbeschwerter Leichtigkeit im Gitarrespiel schulen, was mir auch dank meiner verheilten Fingerkuppen leichtfiel.

Das Orgelspielen kann ich auch noch später lernen, dachte ich mir, und kümmerte mich nun lieber darum, mein Taschengeld in Schallplatten zu investieren. So hörte ich Rock und Kantaten, ich liebte den rasanten *Speed King* und die erhabene *Toccata*, ich spielte Melodica und Gitarre. Ich war 13 Jahre alt und rundherum zufrieden.

Meinen Job als Registerzieher gab ich ab sofort auf.

Flimmernder Kitsch

Der schöne George, der einst im Mai
gebrochene Herzen zu Weihnachten besang
dann, ohne seinen Kumpel
ohne sich selbst sogar
diesen flimmernden Kitsch fabrizierte

Fast sieben Minuten lang
räkeln sich zu seinem Song
auf verstaubtem Boden
oder lasziv in der Badewanne
oder im schmuddeligen Sofa
die Top-Athleten des Catwalks

Sie sind viel zu schön, um wahr zu sein
und genau so geisterhaft
und aalglatt rinnt *Freedom!* '90
in gelackten Bildern
an gestylten Körpern herunter
Es ist der Soundtrack ihrer Zunft
deshalb spielen sie mit, schauen irgendwo hin
bewegen nur die Lippen dazu

Sie waren berühmt damals
so wie der schöne George
und wurden mit viel Geld aufgewogen
und blieben doch nur Marionetten
Ihre Namen habe ich vergessen
wie auch diesen Song

weil das alles mit nichts etwas zu tun hatte
und komplett am Leben vorbeiplätscherte

Und trotzdem: Der Clip
wurde bis heute
weit über einhundert Millionen Mal
im Netz angeklickt

Mit Reggae-Musik auf Zeitreise

Plötzlich muss ich an Reggae denken. Mitten in der Adventszeit, so kurz vorm Fest. Und dabei wollte ich mich doch besinnen und das bald vergangene Jahr nochmals wie einen romantischen Film am inneren Auge vorüberziehen lassen, dazu melodisch unkomplizerte Klänge summen. Von mir aus auch gern mit Gebimmel und Gebammel. Reggae-Sounds aber stecken voller belebender Offbeats, und es ist eine Musik zum Chillen. Sie funktioniert vor allem dann, wenn die Sonne knallt und du Zeit hast, dir in einer entschleunigten Phase des Tages eine Auszeit mit zwei Handvoll Nichtstun zu gönnen. Wie schon gesagt, chillen eben.

Reggae-Musik ist okay, sie löst bei mir nur immer eine Zeitreise aus. Wenn ich allein nur den Hauch eines wohltemperierten Tones aus irgendeiner Reggae-Nummer höre, verspanne ich mich, blicke nicht nur zwölf Monate zurück, sondern werde sofort hineingeworfen in jenes Jahrzehnt zwischen 1980 und 1990, das stark von Reggae-Musik umspielt und vor allem von denkwürdigen politischen, gesellschaftlichen und kulturellen Ereignissen geprägt wurde. Ich sage nur: Latzhosen in lila, Bio-Läden und Mundart-Pop.

Zack, schon passiert, schon setze ich zur Landung an und befinde mich in etwa am Beginn der 1980er-Jahre und in einer weltbekannten deutschen Domstadt, wo sich offensichtlich etwas Wortgewaltiges und Weltbewegendes zusammenbraut. Niedeken und Heuser, ein Sänger und ein Major, greifen fleißig zu Stift und Klampfe und ersinnen mit ihren Getreuen und unter dem Namen BAP allerliebste Lieder in Kölsch, die aber bereits nach einem millionsten Millimeter Wegstrecke außerhalb der Stadttore schon kein Mensch mehr versteht. Trotzdem werden sie einfach so quer durch die noch nicht wiedervereinigte Republik mitgeträllert:

Do küss mir so vür, als wenn de ussjestopp wöörs

Hä?

Diese lokalsprachliche Offensive aus dem Reich der rheinischen Jecken war aber erst der Anfang, denn plötzlich rückten auch die Bajuwaren an, schickten mit Nicki und Haindling und der Spider Murphy Gang gleich mehrere Vorposten in die Schlacht um die Publikumsgunst. Dicht gefolgt von den Österreichern, Falco und die Erste Allgemeine Verunsicherung seien da genannt. In der Mitte der Republik trafen sie schließlich auf weitere kampfesmutige und dialektkundige junge Menschen jeglichen Geschlechts, die aus der Pfalz, aus Hessen, aus Schwaben, aus Westfalen, dem Saarland oder aus Niedersachsen stammten. Und die aus noch ungewöhnlicheren Kehl-, Zisch-, Brunft-, Grummel- oder Gurgellauten archaisch anmutende Sätze bilden konnten und sie keck auf ihren Stimmbändern tanzen ließen.

Na, das war vielleicht ein babylonisches Sängerstreiten!

Doch so hübsch lautmalerisch die Mundartisten allesamt in ihrem Liedgut auch daherkamen – die Lustigkeit des Ansinnens blieb mir ebenso fremd und verschlossen wie die Verständlichkeit. Da konnten sie schmettern, was sie wollten.

So ist das übrigens auch bei den Reggae-Songs. Ich verstehe sie nicht. Wohl weil ich mir selten die Mühe mache, bei den Texten genau hinzuhören. Ich habe mal gelesen, Reggae sei eine politische Musik. Nachzulesen vor allem in den lyrics bei Bob Marley. Ihm gehe es um Frieden und Gerechtigkeit. Seltsam, ich dachte immer, der olle Rastafari huldigte in seinen Kiffer-Liedern ausschließlich dem Rauschkraut. Weihnachten hat für mich aber nichts mit Joints oder Politik zu tun. Gut, mit Frieden und Gerechtigkeit schon, klar. Aber vor allem hat's für mich mit Dominosteinen, Lebkuchen, der Vorfreude auf Geschenke und der Vorfreude auf ein mehrtägiges entspanntes Sexualvergnügen zu tun. Voraussetzung für Letzteres: Man hat erstens zwischen den Feiertagen frei und zweitens eine Freundin.

Punkt 1 und Punkt 2 gingen bei mir in Ordnung, aber: es sind ja die 1980er-Jahre! Die Emanzipationsdiskurse hatten offenbar ganze Arbeit geleistet, denn das Sinnlichkeitsbarometer bei den Frauen war unter Null gesackt. Statt Extremschmusen stand ein paar Jahre lang, und eben auch an den Weihnachtstagen, die Endlosdiskussion als Vorspiel auf dem Plan.

Und dann hocktest du da und du hörtest ihr zu und dir wurde von so viel Frauenbewegung ganz schwindelig. Zu allem Übel liefen dazu auch noch Platten mit den Liedern von Klaus Hoffmann, Konstantin Wecker und Herman van Veen, den offenbar einzig relevanten Frauenverstehern deutschland- und hollandweit.

Ich mag es heute vielleicht etwas überspitzt darstellen, doch es waren tatsächlich Latzhosen in lila, die das Stadtbild meines damaligen Lebensumfeldes farblich prägten. Latzhosen in lila mit kämpferischen weiblichen Wesen drin, die unangenehme Forderungen stellten. In der Uni tagte regelmäßig das Frauenplenum, Inhalte aller Diskussionen: Schwanz ab! In der City lud die Frauengalerie allmonatlich zu Vernissagen, Inhalte aller Kunstwerke: Schwanz ab! Und im Frauenbuchladen hing ein Schild an der Eingangstür, auf dem ein von offensichtlich robuster Frauenhand in Eile und in Seitenansicht aufgepinselter, fast errigierter Penis zu sehen war. Darunter stand: Wir müssen draußen bleiben!

Nun gut, bei den militanten Kaffeekränzchen, bei denen die feministischen Mädels aber komischerweise äußerst ergeben der Verschenktext-Göttin Kristiane Allert-Wybranietz huldigten und sich deren verschwurbelte Kurz-Poeme gegenseitig vorlasen, die bei ihnen für ein heilloses Gefühlswelt-Chaos sorgten, hätten wir sowieso nur gestört. Schon verrückt: Einerseits gaben sich die Frauen unnahbar und mit großer Klappe, andererseits suchten sie das große, kitschige Gefühl auf Tuchfühlung. Das sollte nun einer verstehen. Ich glaube, die waren damals genau so verunsichert und verdreht wie wir

Jungs, und sie waren ebenfalls genau das, was sie uns vorwarfen: nämlich unsensibel, ungehörig, unverständig und unverbesserlich. Wie sollten denn bitteschön die neuen Männer sein, die das Land braucht? Sinnlich und lieb? Offen und verschwiegen? Warmspüler und Kaltduscher? Macho mit Niveau oder Softie mit Stil?

Ich war es irgendwann leid, ging allen Diskussionen zu diesem Thema aus dem Weg und erledigte ungefragt und freiwillig alle anfallenden Hausarbeiten, übte mich im Kochen und kaufte auf Wunsch meiner Freundin sogar im neumodischen Bio-Laden ein, wo ich aus Mitleid immer mehr erstand als notwendig war. Denn die schrumpeligen Äpfel und schwarzfleckigen Bananen, der eiterfarbene Ziegenkäse mit dicker Schimmelschicht oder die hühneraugengroßen Demeter-Brötchen mit steinharten Krusten drumherum, die das seinerzeit noch überschaubare Warenangebot stellten, blickten ausnahmslos krank und somit saft-, kraft- und freudlos in die Welt.

Ich muss an dieser Stelle erwähnen, dass zu jener Zeit das Thema umweltbewusste Ernährung für die Öffentlichkeit so interessant war, wie die weißen Schuhe an den Füßen des Papstes während der Übertragung der Christmette aus dem Petersdom. Also: äußerst gering. Und dass Bio-Läden seltsamerweise mit Peepshows gleichgesetzt wurden, lag wohl an der allgemeinen Denkungsart, dass gesellschaftliche Außenseiter wohl nur in schummerigen Etablissements ihr Vergnügen und ihr Publikum finden können. (Zur Erläuterung für jüngere Menschen: Peepshows waren einst ein Theater, in dem die zahlenden und in der Regel männlichen Besucher eine weibliche Person betrachten konnten, die ihren nackten Körper in explizit sexuellen Posen zur Schau stellte.)

Wie gesagt: Ich diskutierte nicht mehr, schon gar nicht über hinkende Vergleiche, sondern erledigte einfach nur meinen Job. Ich befreite also die Feld-, Wald-, Wiesen- und Baum-Erzeugnisse nur zu gern aus ihrer moribunden Lage, entriss sie dem funzeligen Licht des muffigen Ladens, musste es aber hinnehmen, dass sie von griesgrämig dreinblickenden Frauen und Männern, die man aufgrund ihrer verfilzten Haare, den speckigen Cordhosen und den schlabbernden Pullis kaum auseinanderhalten konnte, völlig lustlos, dafür aber in politisch korrekte Jute-Taschen eingepackt wurden, deren Stoff allerdings, wie man heute weiß, alles andere als ökologisch unbedenklich war.

Die ausgebeulten Dinger wurden vorab von den Betreibern des Ladens immer kräftig ausgeschüttelt, bevor sie für den Transport zurechtgelegt wurden. Bei der Gelegenheit, so vermute ich, purzelten weitere griesgrämig dreinblickende Frauen und Männer mit schlabbernden Pullis, speckigen Cordhosen und verfilzten Haaren aus den Beuteln heraus, die sich offenbar darin versteckt gehalten hatten und die sich nun verflüchtigen konnten.

Ich nehme mal an, dass es genau so war, denn ich habe keine andere Erklärung dafür, woher diese sogenannten Alternativen plötzlich kamen, die sich flugs auf den Weg in die Bundeshauptstadt Bonn machten, um sich als sogenannte ökologische Bewegung immer schneller ins Bewusstsein zu schleichen, sich zu einer Masse zusammenzuklumpen, die dann im heißen öffentlichen Rampenlicht dick aufquoll, schließlich zerplatzte, um schlussendlich als unübersehbare und unwegwischbare Farbkleckse aufs Revers des politischen Establishments zu tropfen. Das war der grüne Urknall, die Geburtsstunde der Mütter und Väter des Dosenpfands - *Verdamp lang her*. Upps, da bin ich nun unfreiwillig erneut bei BAP gelandet. Kein Wunder, denn Müsli-Clowns, Freaks in Grün und Latzhosen in Lila waren ein ganz großes Ding. Auch für die BAP-Mannen. Und deren kritische Auseinandersetzung mit dieser anfänglich wunderlich anmutenden neuen Bewegung wurde kräftig mit Reggae-Musik unterlegt.

Doch zurück zum Thema Emanzipation: Meine Freundin war stolz auf ihren rollenbewussten Freund, dem sie zur Belohnung kleine Freiheiten gewährte. Dazu gehörte beispielsweise der zweiwöchentliche Kneipenbesuch mit ein paar Freunden, bei dem wir ideologiefrei, ungezwungen und ohne schlechtes Gewissen Zigaretten rauchen und Pils trinken durften. Als ich dort an einem schneereichen Tag im Dezember zum ersten Mal *Last Christmas* im Radio hörte, war mir sonnenklar, dass dieser Song ganz sicher und in absehbarer Zeit auf unserem Plattenteller rotieren würde. Obwohl ich, wie immer, nicht auf die Text achtete, wusste ich trotzdem sofort: Das klingt gewaltig nach einem vertonten Verschenktext! Drei Tage später war es tatsächlich soweit. Als wir den Song gemeinsam hörten, habe ich lieb gelächelt und sie sinnlich fest in den Arm genommen, war danach Macho mit Niveau, als wir gemeinsam übereinander herfielen. Aber innerlich habe ich mich über diesen Song so aufgeregt, da könnte ich mich heute noch lang und breit drüber auslassen.

Jetzt haben wir wieder Weihnachten. Mit der Freundin bin ich schon ewig nicht mehr zusammen, aber *Last Christmas* ist immer noch allgegenwärtig und wurde schon millionenfach gecovert. Von Roberto Blanco gibt es ihn sogar als Reggae-Version. Er wird dadurch nicht besser.

Überhaupt ist es eine Unart, Songs zu covern. Das ist auch so etwas, was ich nicht verstehe und was mich maßlos nervt. Und zwar ganz aktuell. Schuld daran ist das Internet. Schuld daran ist eine Suchmaschine, die mir Camille & Kennerly vorschlug, als ich mich während meiner Recherche zu „Kennedy" vertippte. Ganz schön teuflisch sind sie, diese jungen Frauen aus Übersee, Zwillinge zudem, selbstredend hübsch anzusehen. Sie sind – unüberhörbar – Harfen-Virtuosen.

Die Harp Twins, so nennen sie sich, spielen mit Hingabe reihenweise Songs von Metallica, Iron Maiden, Scorpions, Bon Jovi, Pink Floyd, Guns'N'Roses, Led Zeppelin, AC/DC, Ozzy Osbourne und vielen anderen mehr, sammeln mit ihren sanften Arrangements, die sie zudem augenschmeichlerisch für ihre Videos aufbereiten, auf ihrer You-Tube-Seite und in weiteren sozialen Medien millionenfach Klicks und Follower.

Versonnen lauschte ich ihrer bezaubernden Musik, ließ mich bezirzen und trieb summend dahin durch eine sorgenfreie Wunderwelt. Ich wachte aber noch rechtzeitig auf, bevor sie mich auf Nimmerwiedersehen in einen gemütlich ausgepolsterten Kokon ohne Notausgang einsperren konnten. Die Kunst der Harp Twins besteht darin, den einstmals revolutionären Riffs jegliche Innovation, Aggressivität und Wut auszutreiben. Was sie übrig lassen, sind nur noch die bekannten Melodien, die, ihrer Härte und Würde beraubt, nackt im Raum schwingen und die die beiden zu zuckersüßen Zupfkuchenstückchen verbacken.

Mag sein, dass das — meiner Meinung nach - tadelnswerte Tun und Treiben der US-Geschwister irgendeinem modernem feministischem Ansatz folgt, den ich nicht verstehe. Aber das soll eine Aufgabe für Musiksoziologen sein. Sollen die das klären.

Die Harp Twins tragen keine Latzhosen in lila und *Last Christmas* gehört nicht zu ihrem Beuteschema. Dafür gebe ich ihnen zwei Pluspunkte. Und an Reggae haben sie sich auch noch nicht herangetraut.

Immerhin.

Gefangen in der Endlosschleife

Die Endlosschleife rotiert bereits hochtourig frühmorgens im kleinen Supermarkt an der Ecke und schleudert pausenlos und in immer der gleichen Reihenfolge festlich aufgemotzte Poplieder in die Welt, vor denen er gerne flüchten möchte. Auch später in der Arztpraxis oder noch später, am Nachmittag, an irgendeinem x-beliebigen Wühltisch im Einkaufszentrum traktiert ihn das lästige Gedudel, schabt an seinen Nerven.

Unter den Schmachtfetzen verstecken sich auch Songs wie *I Wish It Could Be Christmas Everyday* von Roy Wood, *Wonderful Christmastime* von Paul McCartney oder *Do They Know It's Christmas* von Band Aid. Erstaunlich frisch klingen sie, diese angegrauten Nichtigkeiten, obwohl sie doch der jahrzehntelange Dauereinsatz bereits so rund genudelt haben müsste, dass von der ursprünglichen überschaubaren musikalischen Substanz eigentlich nur noch ein weißes Rauschen übrig sein dürfte.

Warum er in die nahe gelegene Kirche flüchtet, konnte er sich später auch nicht erklären. Doch kaum, dass er das schwergängige Portal hinter sich geschlossen hat, spielt die unerträgliche Seichtigkeit von draußen keine Rolle mehr. Kerzenflammen flackern erschreckt einen Luftzug lang auf, knistern aufgeregt, kommen aber schnell wieder zur Ruhe. Kein *Jingle Bells*-Glöckchen-Geklimper. Nichts. Nur noch diese festungsdicken Mauern um ihn herum, die ihm eine ehrfurchtsvolle Stille bescheren, die ihn ganz von alleine leiser atmen lässt. Und die gleichzeitig so seine Sinne schärft, dass er den Hall, den er trotz seiner vorsichtig gesetzten Schritte auslöst, als aufdringlich und störend empfindet. Er lässt sich in dieses angenehme Meer der Ruhe hineinfallen, lässt sich zur Bank in die dritte Reihe treiben, strandet dort, schließt die Augen.

In seinem Kopf verschieben sich die Bilder, greifen ineinander, überlappen sich, drehen sich um sich selbst: Popstars mit Rauschebart und Zipfelmützen im Glühweinrausch, die mit Gitarren und Mikrofonständern auf Christbäume eindreschen; grellbunte Lichtschläuche, die sich schlangengleich um mannshohe Schoko-Nikoläuse wickeln und sie quetschen und würgen; unentwegt summende Pausbacken-Engel, gerade mal zeigefingergroß, die von einem unsichtbaren Mechanismus gesteuert, zu tausenden aus ebenso vielen rotweißen Geschenksäckchen heraus unablässig ins Nichts katapultiert werden.

Er schreckt aus seinem Minutenschlaf auf, sammelt sich und stellt fest: Die Melodie war kein Traum. Er steht auf, geht den Weg zurück durchs Kirchenschiff nach links, öffnet eine Tür und folgt dem Gang in Richtung des Gemeindesaals. Das Summen wird nun lauter, wird konkreter, wird zum Gemurmel.

Er öffnet die breite Flügeltür genau in dem Moment, als der Chorleiter die Hand hebt und zwölf in schwarzen Anzügen gekleidete Herren um Aufmerksamkeit bittet. Blicke begegnen Blicke für einen Sekundenbruchteil.

Er sucht sich verlegen einen Platz an der Theke im vollbesetzten Saal und schaut zu. Verhaltenes Räuspern bei den Herren, schließlich: die gemeinsame konzentrierte Tonsuche. Kurze Pause, ein rasches Luftholen und – drei, vier – dann erwacht er, der vokalistische Klangkörper. Er reckt sich und streckt sich, gibt sich kraftvoll und voluminös und zeigt dem festlichen Weihnachtslied, wo's nun langgeht.

Vom Regen in die Traufe, denkt er sich, und er ertappt sich dabei, wie er das Lied leise mitpfeift, und er klappt das Faltblatt auf, das einsam auf der Theke liegt. „*Wir freuen uns, Sie zu unserem adventlichen ‚Offenen Singen' einladen zu dürfen*" steht drin und noch so vieles mehr, und dass es diesen Männergesangsverein bereits seit achtzehnhundertsoundsoviel gibt. Er legt das Blatt beiseite, unschlüssig, ob er gehen oder bleiben soll.

Er entscheidet sich fürs Bleiben, weil er Lust auf einen Kaffee hat. Er bestellt sich eine große Tasse mit viel Milch dazu bei dem freundlich lächelnden Mädchen mit Lippenpiercing und schaut sich um.

Frauen und Männer ab Ende 50 aufwärts. Festlich gekleidet sitzen sie an festlich gedeckten Tischen, auf denen sich festlich gedeckte Teller mit leckerem Weihnachtsgebäck und festlich leuchtenden Kerzen befinden. Und natürlich stapelweise festliche Liedtexte. Er trinkt in kleinen Schlucken, knabbert an einem Keks und hört einfach nur zu. Mal singt der Chor allein, dann singt er mit den Gästen gemeinsam, dann singt wiederum nur der Chor. Mittendrin und zur Auflockerung werden Geschichten rund ums Geburtsfest zu Gehör gebracht, dann darf jeder Sänger mal kurz am Mineralwasser, an der Cola, meistens aber am Pils nippen, und es geht weiter mit dem Gesang und immer so fort.

Er ist erstaunt, denn es geht zwar andächtig zu und besinnlich, aber hier und da klingt's im Lied bisweilen so rhythmisch stimmig und auf den Punkt gebracht wie im Konzert einer angesagten Boygroup, nur das die zwölf Herren nicht dazu tanzen. Es rockt gewaltig, denkt er sich. Und sein flüchtiger Seitenblick zu dem Mädchen gibt ihm recht, denn auch sie hält erstaunt inne, lässt Pils und Plätzchen stehen und schenkt ihre Aufmerksamkeit den Sängern.

Gut eine Stunde dauert das Programm mit traditionellen Advents- und Weihnachtsliedern wie *In Dulci Jubilo, O Heiland, reiß die Himmel auf, O selige Nacht, Maria durch einen Dornwald ging* oder *Heiligste Nacht*. Der Chorleiter hat die Situation locker im Griff. Er moderiert gelassen und launig, er lobt lieb, wenn's richtig groovt, aber er tadelt auch streng: „Ich höre von Ihnen nur Löcher!" Sagt er zum Beispiel und unterbricht den Vortrag. Weil nämlich beim gemeinsamen Singen die Damen und Herren das *Eia, Eia* in *Zu Bethlehem geboren* zu kurz halten. Und er macht's vor: *Eeeeiiiiiaaaa, Eeeeiiiiiaaaa*. Zweiter Versuch für alle - und plötzlich passt's.

Er ist froh darüber, dass er hier gelandet ist. Es tut ihm gut, dass ihm die zumeist kirchlichen Klassiker die zuckersüße Klangsoße ausspülen, die seit heute morgen seinen Gehörgang verklebt. Von diesem Nachmittag wird er allerdings später niemandem etwas erzählen. Sowas sei doch des Spießers Blaue Stunde, würden sie sagen. Seniorenkram, Altenheim-TschaTscha. Mag ja alles sein. Für den Moment jedoch ist es ihm lieber, freiwillig in ein kräftig intoniertes *Ehre sei Gott in der Höhe* einzutauchen, als hinterhältig von *White Christmas*-Tsunamis überrollt zu werden.

Kaum, dass er sich darüber weitere Gedanken machen kann, legt das freundliche Mädchen an der Theke nach Konzertschluss eine CD ein. Und obwohl die Lautstärke dezent heruntergepegelt ist, kann er deutlich hören, dass es sich exakt um die gleiche Endlosschleife handelt, die ihn bereits den ganzen Tag peinigt.

Er zahlt schnell seinen Kaffee, und während er auf das Wechselgeld wartet, krächzt ihm ein schrilles *IIIItttt`s Chriiiiiiiiiiiiiiistmaaaaaaaaaas!* entgegen, das ihm aus dem Stand beinahe den feierlichen Nachklang der eben noch gehörten Lieder niedergeprügelt hätte, wäre er jetzt auch nur noch eine Minute länger geblieben. Nicht auch noch Slade und ihr polterndes *Merry Xmas Everybody*. Nicht diese fies-fröhliche Kirmesmucke der Haudrauf-Rocker aus seiner Jugendzeit.

Er steckt die Münzen fahrig und ohne Nachzuzählen in seine Jackentasche, bedankt sich mit einem kurzen Kopfnicken bei dem Mädchen und macht sich flugs auf den Weg vorbei an den Damen und Herren und zurück durch das Kirchenschiff. Auf seinem Spurt schmeckt er den intensiven süßlichen

Weihrauchduft vom Vortag, dessen sanfte Würze ihm kitzelnd in die Nase kriecht und so betäubend wirkt, wie der leicht beißende Brandgeruch vom Docht einer gerade sterbenden Kerze neben der schlichten Krippe.

Hier bleibt er eine Weile stehen und lächelt, weil er sich daran erinnert, wie er einst den „Owi" zwischen Ochs und Esel und Maria und Josef gesucht hat, nur weil man ihm damals als Steppke äußerst eindringlich versichert hatte, dass es neben dem Jesuskind noch ein weiteres Kind gäbe, das zwar in der Weihnachtsgeschichte an sich nicht vorkommt, aber in dem Lied *Stille Nacht* dokumentiert sei:

Stille Nacht/ Heilige Nacht/ Gottes Sohn/ O wie lacht/ Lieb' aus deinem göttlichen Mund/ Da uns schlägt die rettende Stund'...

Und da schließlich ein paar Zeilen weiter auch noch von einem *holden Knaben im lockigen Haar* die Rede war, die Figur des Jesuskindes in der Krippe jedoch über keinen sichtbaren Haaransatz verfügte, glaubte er das natürlich.

Kurz bevor er den Ausgang erreicht, wendet er sich aus keinem besonderen Grund noch einmal um, schaut hoch zu den bunten Mosaikfenstern und bewundert den zunächst zögerlich tastenden Sonnenstrahl, der plötzlich mit ungestümer Kraft durch einen kaum sichtbaren Riss in der Scheibe explosionsartig in das Gotteshaus eindringt, dabei Abermillionen prachtvolle und kaleidoskopartig durcheinander gewirbelte Lichtpartikel übers schmucklose Kirchengestühl versprüht.

Er hält sich die Hand vor Augen, damit er nicht geblendet wird, spürt dabei die sanfte Wärme auf seinem Handrücken und wie sie seine Kopfhaut streichelt, und er weiß jetzt, dass die Endlosschleife keine Chance mehr hat, sich bis zum Jahresbeginn klammheimlich bei ihm einzunisten.

Zufrieden verlässt er die Kirche. Hinter ihm fällt die mächtige Holztür mit einem schmatzenden Geräusch ins Schloss.

Frohes Fest!

Ich freue mich auf Ihren Besuch:
www.ulli-engelbrecht.de